Beautiful Sunday

박솔뫼 시집

Beautiful Sunday

돈에 팔려 간 영혼

돈의 본질은 물질이다.

그러나, 지금은

돈은 영혼이다.

우리들의 모든 불행은

여기서부터

시작되었다.

2015년 5월 15일

박솔뫼 쓰다

차례

첫 번째 이야기

망

귀여운 여인

그대는 아리따운 중년의 숙녀
하지만, 나에겐 그대는 숙녀가 아닙니다.
숙녀라 하기엔 너무나 소녀 같은
나의 프리티걸이지요.

그대가 만약 요염한 자태로
탐욕스레 다가오신다면
나는 뒤돌아서서
푸른 기억의 등불을 밝히고
나만의 그대를 찾아
청순의 꿈길로 떠나갈 겁니다.

해맑은 그대를 찾아 헤매다
새벽을 잊고
다시 깨어나지 못할지라도
왜냐하면, 그대는 나에겐
영원한 프리티걸이니까.

황혼의 노신사

단풍 같은 옷을 두르고
가을을 지나가던 여인들이 매혹된 얼굴로
뒤돌아보며 눈웃음을 날린다.

순간, 어깨 죽은 바바리의 깃이 되살아나
움츠렸던 목이 당당해진다.
아직은, 멋 풍기는 남자의 향기라도
남아있는 줄 착각한 것도 잠시

무심히 박히는
전광판 속의 그의 눈길에
늦더위 이상기온 현재 28도

그제야, 잊어버렸던 몸속의 열기가 갑자기
불칼처럼 치밀어 오른다.
주변을 둘러보니 코트를 입은 사람은
자신 혼자뿐….

사랑

울긋불긋 몸단장한 단풍나무 가지 위로
신혼의 새 한 쌍이 둥지를 튼다.

하늘천장 가로지른

전깃줄 그네삼아

알 듯도 하고 모를 듯도 한 몸짓으로

창공을 가르며 천정화를 그리고

행여 누가 들을세라 두 부리 마주 대며
금슬 좋은 바람 타고 살랑살랑 속삭인다.
무슨 말을 하는 걸까.

시린 겨울 오기 전에
예쁜 새끼 얼른 까서
재롱잔치 보자는 걸까.

25시

만촌동 오솔한 어느 버스정차장
광고판에 형벌처럼 박혀 있던
'방황'이란 제목의 시가
구세주라도 만난 듯
내 눈을 비집고 들어왔다.

무심코 읽어내려 가던 중
불현듯 한 사람이 시詩글 속으로
시공時空의 사이를 헤치고 아련하게 다가왔다.
그이다!

순간, 시간의 저편에 아스라이 숨어 있던
기쁨과 아픔의 조각들이 회오리치듯
피올랐다.

아! 내 기억 속을 방황하는 그대
끝없는 내 영혼의 방랑자

경적소리에 놀라 고개를 돌려 보니
무심한 버스는
그 사람의 흔적까지 훔쳐
달아나고 있었다.

파경破鏡

향기로운 시절의 끝자락에 숨어
얌심스레 다가온 잔인한 이별은
영원할 것 같던
여문 사랑을 순식간에 깨뜨리고

찢어진 사랑의 파편이

흐르는 부평초처럼

덧없이 떠나간 후

텅빈 가슴 속을 휘젓는
황량한 바람에
부질없는 그리움만
눈길위로 흩날리다.

개나리

어어리나모 어어리나모
어여뻐라 예쁜 맵시
노랑고깔 어어리나모

가시던 님 보낸 길을
못잊어 지켜 서서
눈길 적신 그 고개를
고운님 바라보듯
온 밤을 순정으로 지새우고

살금살금 숨어 온
먼동의 기지개에
지새는 달 서천으로
꼬리를 감추는데
행여나 떠나신 님
그새 돌아오실까봐

옥수 같은 이슬에 몸단장한
수줍어 고개 숙인
어여뻐라 예쁜 맵시
노랑고깔 어어리나모.

망

고샅에서 마주친
찌러기 뜸베질에
볼기짝 내보이며
혼비백산 달아나던
순이, 돌이 옛 친구들

동구의 그 내음은
아직도 은은한데
생생하던 소꿉기억
어느샌가 아련하고

인생유랑 수십 년에
남은 것은 그리움뿐
진솔의 그 얼굴은
온데간데없어라.

표충사 동자승

홀어미가 밤새 빚은
거멀접이 나눠 물고
깔빼기 놀이에
해지는 줄 모르던
녹수의 아랑고을 시골뜨기 영돌이

차려입은 때깔옷

어미 죽은 수일 만에

승복으로 갈아입고

절절하던 어미 생각

벗어놓은 채

고이 깎은 동자 머리
달 위에 달을 이고
가사장삼 뒤를 따라
사바 고개 넘어간다.
제행무상, 제법무아, 일체개고 속으로….

수선화

달님을 훔쳐
달빛 타고 날아온
빛꽃같이 아리따운
수선화

고요한 물가의 침실

구슬 같은 윤슬로 드리우고

수정처럼 맑은
하이얀 자태,

부끄러 다소곳한
육등신 외씨얼굴
엷은 미소로 띄우는 그 향기
은근하다.

아직도

기다리는 님은 오시지 않는데

그리움 감춘
봉오리 속의 연정은
짓궂은 햇살에 들켜
속절없이 피오르고

기다리다 지쳐
떨어진 꽃잎은
무심한 바람에 쓸려

야속한 님 바람결에 묻고
애수의 물길 따라
정처없이 흘러간다.

남천강

하늘 위에 걸려 있던
햇님 각시 푸른 치마
봄바람난 남천강에
나풀대며 떨어지고

아랑 아씨 향에 취한
밀양강의 은빛 윤슬
아리랑의 가락 따라
아라리로 넘어간다.

밀양 아지매

한낮 땡볕 뒤에 갇혀
기다리다 지친 달님
주막집 개으른 조명등 위로
투정하듯 토라져 오를 때면

한 냥 대포 밑안주에
가지가지 인정 뿌려
푸짐한 정 담아 내는
속정 깊은 순박데기

가진 것은 시름뿐인
가난뱅이 대포손님
이해타산 뒷전하고
주린 인생 채워 준다.

황혼의 꿈

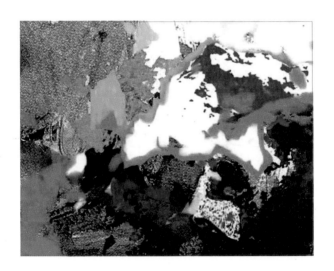

이별 연습 I

우리는
아름다움과 향기로움을 지향한다.
아름다움은 우리에게 기쁨을 두고
향기로움은 우리에게 행복을 주기 때문이다.

그러나 또한,
아름다움이 빛날수록
향기로움이 짙을수록
깊은 상실의 슬픔과
절인 그리움의 아픔을 준다.

돌이켜 보면 인생은 처음부터
만남과 이별의 향연이다.

이별 연습 II

인간은 선악을 초월한
맹목적인 우주의지에 의해
무형적, 무의식적인 존재로부터
현상의 세계에 알몸으로 떨어져
각각의 모습들과 하나씩 인연 지어 간다.

엄마의 젖무덤은
세상으로 동화되는 관문에서 만나는
그 첫 번째 인연이며

모든 생존의 위험으로부터
자신을 지켜주는 절대적 수호신이다.

인생에 있어서 가장 소중한 이 만남은
또한, 필연적으로 경험하게 되는
첫 번째 이별이다.

영원한 이별

레테로 향한 여정을 재촉하는
광란의 눈보라는
잠시 머물던 환희의 열기를
금새 쓸어 가 버리고

오고 갔던 온갖 기억들은
떠나가는 마지막 숨소리에
이화우李花雨처럼 뿌려진다.

아! 젖무덤을 파고들며
색색이던 그 숨소리…
숙명적 이별을 예고하는 전주곡은
거품같이 꺼져 간다.

황혼의 꿈

지난 밤 당신이
기억의 저편에
아득히 묻혀 있던
내 인생의 첫 자락을
끌어 담아 부친 편지
잘 받아 보았습니다.

함치르르한 겉봉을 헤쳐보니
그 속엔 청이슬같이 초롱한
낯선 한 사내가

푸른 얼굴, 푸른 눈빛,
푸른 웃음 함초롬이 띄우고
해맑은 하아얀 몸짓으로 다가왔습니다.

아! 그는
싱그러운 향기 온몸에 품고
아무것도 탐내지 않던
어린 망자의 생일처럼

소리 없는 시간 뒷편으로 잊혀져 간
잃어버린 나, 풀빛 같은 석이였습니다.

종착역

파랑새를 꿈꾸고
매마른 입술로 황금무지개 뜰 그날을
애타게 기다리던 나그네

다가오지 않을 미래의 환영幻影은

병든 몸뚱이

지친 핏줄 속으로 스며들고

피할 수 없는 모진 바람 앞에
위태로이 나부끼며, 비틀거리다 돌아가는
빈손 방랑자의 마지막 노스탤지어.

나는 자유다!

나는 자유를 원한다.
이 세상 어떤 것들로부터도
길들여지지 않은
야생의 자유를 원한다.

침묵 속에 열광하고
온유 속에 노도 같은,
질풍 속에서도 꺼지지 않는
영원한 불꽃이길 원한다.

나는 불의한 지배와
세속의 모든 권세 앞에서도
굴복할 줄 모르는
야수 같은 자유를 원한다.

오직, 내가 기꺼이 따를 것은
저 경탄스러운 하늘위의 신과
눈부신 내 마음속의 양심뿐
나는 자유다!

팔공산

달구벌에 뿌리 박고
신라 천 년의 자취를
행여나 잃을세라

산신의

갓 쓴 웅봉으로 얼싸안아

충절로 지켜 온

황소 같은 팔공산아

무너지는 서라벌의 역사를
소리 없는 통곡으로 지켜보며

역사의 마디마다
새로운 승자들의
질풍 같은 발굽 아래서도

의연히
그 자태 흐트러지지 않던
의로운 침묵의 표상
너 팔공산

총칼에 굴종하던
세태의 비겁함도
시류에 영합하던
역사의 나약함도
아랑곳하지 않고

홀로 버티고 선
꿋꿋한 부동의 표상
너 팔공산

만 년 세월의 껍질
벗겨 낸 지금도
그 고색
아직도 창연하구나

너의 이 기상은
달구벌의 상징이며
이 땅에서 피를 이어 온
배달의 긍지이다.

팔공이여 영원하라
웅비하는 너의 정기는
민족을 지켜내는
호국의 원천

통일로 내달리는
대한의 원동력이다.

내일도 어제처럼

그 자리에서

변함없이 우뚝 빛날

겨레의 영산

너 팔공산아.

나는 갈 거야

어릴 적 푸른 시절
살갗을 희롱하며 까불대던
는개 노니는 초원길에서
꿈 같은 행복을 그리기도 했지만

내 인생의 온통은
비바람 몰아치는 폭풍의 언덕

보릿고개 불강아지
개밥 반기듯
굽이굽이 달려드는
핏빛의 아픔

저 산 너머 그리운 곳

유토피아에

흠뻑 적신 내 슬픔

씻어내려 줄

구원의 샘 오아시스

행여 있다면

갈 거야 갈 거야 나는 갈 거야
쌓인 아픔 훌훌 털고
나는 갈 거야

갈 거야 갈 거야 나는 갈 거야
가다가다 죽드라도
나는 갈 거야.

Beautiful Sunday

어린 시절 반딧불이와 술래 잡든 개울가
방앗간집,
샛노란 금빛 꽃결 유채밭 뒷자락을 새색씨
옷고름 여미듯
수줍게 휘어감은 진달래골 꽃동산

그 요염한 허리를 고삐 풀린 망아지같이
뛰고 놀며 내달렸던 개구쟁이 동무들,

물안개 꿈속 같은 자욱한 파편들이
신비한 요술처럼 추억 먹은 두 눈 속에
끝없는 그림으로 피어오를 때

침침한 창 밖 콘크리트 건물 사이로
길 잃은 백조 한 마리 갈 곳을 몰라
이리저리 부딪치며 겁에 질려 운다.

갇힌 백조의 운명이 나를 보는 듯하여
마음 졸이며, 막힌 유리벽 사이를 넘어
길을 찾아 날아가길 간절히 빌었지만,
결국은 벽창살에 부딪쳐 한 조각 낙엽같이
떨어지고 만다.

절망감에 떨리는 창백한 손바닥 위로
검은 병 속에 자태를 숨긴 하얀 알약은
싸늘한 정체를 도도히 드러내고

라디오에서 흘러나오는 귀에 익은 DJ

마지막 목소리가 가물해질 무렵

Beautiful Sunday의 감미로운 선율이

귀에서 영혼으로 녹아내린다.

지구의 절규

원시의 낙원을
무자비한 포식자처럼
휩쓸고 지나간
인간의 자국은

대지를 야만의 핏빛으로 짓뭉개어 놓고
온 누리에 갈고리 긁은 상처

그 위를 덮은 아스팔트를
위풍당당 달리는
노다지의 행렬, 그 바닥 밑의
찢어지는 신음 소리는

죽음을 만난 마지막 전사의 절규같이
장렬하게 허공으로 흩어진다.

시간의 배후

제우스의 아비
크로노스가 움켜쥐고 있던
시간의 지배력 때문에
천하무적의 막강한
권능을 자랑하던 제우스도
그 아비의 영역을
침범할 수 없었다.

헤게모니의 쟁탈전 속에서
영원할 것 같던
권세도, 재물도, 명예도
그리고 빛나는 영광도
모두 한 순간에 사라져갔지만

결국, 최후의 존재자는
시간뿐이었다.

사후의 세계는 온갖 추측과 기대가
난무하지만,
그러나 정작 확인할 길은 없다.

지금도 창조의 신은
자신의 모습을 침묵의 우주 속에 감추고
영겁의 시간 뒷편에서
산 자의 아우성과 죽는 자의 절규를
끝없이 지켜보고만 있다.

존재와 무

우리나라 좋은 나라

돈돈돈 씨 아침은 요란하다.
산해진미 성찬식에 해구신에 산삼까지
건강이 제일이야
돈은 이젠 귀찮아

그래도 남 주는 건 어림없지
그리고는
뒷돈으로 도배한 아방궁을 열고 나와
캄캄한 세상을 휘젓는다.

가난뱅이 아침은 절박하다
밀린 집세 빚 독촉에 아슬아슬 일터까지
라면이 제일이야
밥은 이젠 귀찮아

그래도 주린 배는 채워야지
그리고는
누더기로 가득한 쪽골방을 빠져 나와
희미한 세상을 비틀댄다.

노숙자의 아침은 화려하다.
사철냉방 돌침대에 CCTV 조명까지
한밤이 제일이야
낮은 이젠 귀찮아

그래도 하늘님은 봐야겠지
그리고는
죽음처럼 싸늘한 지하도를 뚫고 나와
창백한 세상을 나뒹군다.

바보에게 부치는 노래

정의를 위해
민주주의를 위해
대한민국의 민초를 위해
불꽃처럼 살다 간 당신

독재의 폭압에 방패막이로
힘없는 약자의 파수꾼으로
자신의 온몸을 초개같이 던져
황소처럼 버티다 간 당신

누가 부엉이바위 벼랑 끝으로
당신을 내몰았습니까
아름다운 그 심장 순박한 그 미소
누가 그 절벽 밑으로 산산조각 내었습니까.

부디 당신의 영혼은 잠들지 마소서
샛별처럼 깨어나 천상의 바보별자리 되어
서로 용서하고 사랑하는
우리들의 모습을 지켜봐 주소서

당신은 죽어서도

영원한

우리의

살아있는 등불입니다.

대한민국 아멘

전능하신 아버지하나님
아무쪼록 우리에게
쾌락에 주린 탐욕의 배를
캐슬과 캐딜락, 캐비어로
가득 채워 주시옵고

아방궁에 꽃배를 띄우는 날엔
가난뱅이 흘린 눈물 뱃길 되게 하시고
대를 잇는 부귀영화, 무궁무진 돈 사재기
도적 같은 온갖 권세
끝도 없이 내려 주시옵소서

전능하신 아버지하나님
아무쪼록 우리에게
무병장수, 불로장생 길이길이 주시고
영생불멸의 그 신성까지도
남김없이 모두 넘겨 주시옵소서

당신의 욕심 없는
천사같이 어진 양
무신이, 유신이
함께 기도올리옵나이다.
아멘.

너는 어디로 가느냐

아주 작은 곳에 머무른
소박한 너의 행복이
권태 같은 지루함으로 느껴졌을 땐
이미 행복은 너를 떠나가고 있는 것이다.

그것은 잠재된 너의 탐욕을 부추기는
일상적인 학습, 우등인생을 떠들어 대는
현란한 미디어 때문이리라.

너는
욕망의 충족이 인간을
자유롭게 하지 못한다는 걸 알면서도
중독되는 학습에 의해
무의식적으로 성공이란 늪에 빠져들고 만다.

한 번 빠지면 다시는 헤어날 수 없는
만족할 줄 모르는 불행의 늪이다.

월급쟁이

낙엽을 깔고 앉은 익은 가을 어슴새벽
바바리코트에 목덜미 숨기고
오솔한 출근길을 내몰리듯 급히 간다.

시달리고 치이다가 해방되는 점심시간
외식 후 귀삿길은 지척인데도
첫 휴가 온 졸병의 귀영길 같이
한 발이 천 근이다.

이제 곧 그의 자유는 포로되고 다시
집단예속의 영역으로 진입해야 된다는,
그를 바라보고 있는 가족을 인지해야 된다는,
어찌할 수 없는 절대적 명제 때문에

오늘도 치외법권 지역을 향해
한 발자국 한 발자국
무거운 걸음을 떼어 놓는다.

우리들의 자화상

승리의 영광 뒷면에는 추락하는 치욕이 있고
캄캄한 절망 속에는 빛을 향한 갈망이 있다.
문명을 한 꺼풀 벗겨내면
그곳에 야만이 있듯이
우리들의 삶은
보이는 것이 전부가 아니다.

한강의 기적을 자랑하는
유람선 위의 뜨거운 불꽃놀이는
절망을 벗어나지 못해
차가운 강물 아래로 낙화한
슬픈 넋들이
절규하며 지켜보고 있다. 지금도….

존재와 무

빛길 따라 무량리 머나먼 그곳
칠흑 같은 하늘을 깜박이던 별들이
신의 뜻으로
살아서는 돌아갈 수 없는
꽃등의 보금자리 은하수를 뒤로 하고

지구의 곳곳으로 쏟아져 내려와
서로에게 뽐내듯
색색의 빛을 뿌리고 있다.

그들이 경쟁하며
빛내기를 하는 것은
자신의 빛색이 바래진 순간
가차없이 도태됨을 알기 때문이다.

한 번 밀려난 그 빛판으로
되돌아간다는 것은
여인의 자궁으로
다시 돌아가는 것과 같다.

하여, 별들은
꺼져가는 자기의 육신을
예감하면서도
언젠가는 잃어버릴
그 자리를 지키기 위해

오늘도

혼신의 힘으로

고달픈 혼불을 태우고 있는 것이다.

대갈

북슬개 장맛비 털 듯
동장군에 오그라져
사시처럼 떨어 대는
가난뱅이 겨울나기

하늘 찌른 기름 값에
단칸방은 빙하나라
사자처럼 을러 대는
부자양반 돈사냥에
발가벗겨 내몰리는
무지렁이 가난뱅이

얀정없는 배금족아
어진 백성 내리밟아
착한 숨통 끊지 마라
이승에서 쌓은 악업
저승에서 받을 테니.

인간의 향기 Ⅰ

아름다움은
희생과 사랑의
빛나는 궁전이다.

혼이 아름다운 이를
가슴에 품는 것은
공간의 문제가 아니다.

순식瞬息의 만남으로도

우주만큼 깊게

담을 수 있으며

그 담겨진 향기는
평생을 피워도
줄거나 얕아지지 않는다.

인간의 향기 Ⅱ

추악은
탐욕과 이기의
암울한 소굴이다.

마음이 추악한 자가
타인의 기억을 할퀴는 것은
시간의 문제가 아니다.

찰나의 스침으로도
지옥만큼 깊게
새길 수 있으며

그 새겨진 악취는
일생을 지워도 닳거나 사라지지 않는다.

2015 대한민국

똑똑똑 계세요 똑똑똑
탕탕탕 여봐요 탕탕탕
쾅쾅쾅 날좀봐 쾅쾅쾅

삐거덕 우직끈 콰당탕

우리는 오늘도 우리의
주검을 보고 난 후에야
막혀진 창문을 부순다.

저자와의 협의에 의해 인지를 생략합니다

Beautiful Sunday

초판 인쇄 2015년 6월 15일
초판 발행 2015년 6월 30일

지은이 / 박솔뫼
펴낸이 / 연규석
펴낸곳 / 도서출판 고글

서울특별시 용산구 한강로 2가 144-2
등록 / 1990년 11월 7일(제302-000049호)
전화 / (02)794-4490 (031)873-7077

값 13,000 원

※ 잘못된 책은 판매처에서 교환해 드립니다.